Anwältin der Lust

AF196109

Impressum

© 2023 Jupiter Hill

Druck und Distribution im Auftrag der Autorin:

tredition GmbH, Heinz-Beusen-Stieg 5, 22926 Ahrensburg, Deutschland

Vorwort

Mein Name ist Jupiter Hill. Ich wurde 1982 in
Frankfurt am Main geboren. Seit meiner Kindheit
schreibe ich Geschichten aller Art. Und je älter ich
wurde, desto mehr zog es mich zur erotischen
Literatur.

In "Anwältin der Lust" geht es um die junge Anwältin
Patricia Stark. In der Anwaltskanzlei trifft Patricia auf
den jungen Assistenten Ben. Ben ist nicht nur ein
Assistent in der Kanzlei. Er ist darüber hinaus ein sehr
gut aussehender, junger schwarzer Mann.

Ihr Jupiter Hill

Anwältin der Lust

Patricia drückte ihr Sicherheitsplakette gegen die elektronische Schalttafel. Sie hörte, wie das Schloss klickte und öffnete die Tür zu der Anwaltskanzlei, in der sie arbeitete.

Es war erst kurz nach sechs Uhr morgens und wie immer war sie die erste bei der Arbeit. Sie ging den kurzen Flur hinunter und betrat ihr Büro. Sie runzelte die Stirn und bemerkte, dass die riesigen Papierstapel auf ihrem Schreibtisch nicht magisch kleiner geworden waren, seit sie sie in der Nacht zuvor verlassen hatte.

Ist mein Leben denn wirklich so weit gekommen?

Sie hatte ihre Morgenroutine im Griff. Frühs aufstehen, ein schnelles Frühstück für sich und ihren Mann machen, ins Gym fahren für das morgendliche Training. Und dann im Büro ankommen, nicht später als sechs. So sieht ihre kleine Liste der Assistenten Arbeit aus, die auf den ganzen Tag ausgerichtet war. Ganz straff, wie ein Uhrwerk.

Ein langweiliges Uhrwerk, seit vier langen und mühevollen Jahren.

Patricia kritisierte sich selbst dafür, dass sie diese negativen Gedanken in ihren Kopf eindringen ließ.

Sie hatte alles, oder? Sie hatte ein schönes Haus, ein stilvolles Auto, einen Ehemann, der sie immer unterstützt hat und sie liebte, und eine erstaunliche Karriere in einer kleinen Anwaltskanzlei, in der sie auf dem besten Weg war, eine Partnerschaft anzubieten, bevor sie vierzig Jahre alt wurde. Äußerlich war sie dem Neid all ihrer Freunde und Bekannten ausgesetzt. Denn sie hatte alles. Innerlich fühlte sich diese Wahrheit jedoch ganz anders an.

Sie war ein paar Monate vor ihrem 35 Geburtstag nervös, da sie in ihrem privilegierten Leben so viele Jahre im College verbracht hatte. Dort bereitete sie sich auf ihr Leben vor das nun einem Gefängnis glich. Sie war von der High-School bis zum College so ein freier Geist gewesen. Sie war eine Cheerleaderin in beiden und eine gute Spielerin in ihrem High-School Basketballteam. Sie war eine Ehrenstudentin, die in den ersten fünf Prozent ihrer Hochschulklasse graduierte, und sie wurde sofort in die juristische Fakultät aufgenommen, sobald sie ihren Abschluss hatte.

Die Dinge, die sie liebte, verfolgte Patricia mit einer rücksichtslosen Gelassenheit, und das Gleiche galt für den Sex. In der High-School und im College hatte sie einen unersättlichen Appetit auf fleischliche Freuden und liebte die Berührung eines Mannes oder auch die einer schönen Frau mit gleicher Leidenschaft. Erstaunlicherweise hatte sie in der High-School den Ruf einer Prise mit zwei guten Schuhen, obwohl die Wahrheit eigentlich genau das Gegenteil war.

In der Schule, ihr blondes Haar, blaue Augen,

kleiner athletischer Figur mit kurvenreichen runden

Brüsten und Po. Ihr Aussehen machten sie zur

Zielscheibe für den Neid vieler Frauen auf dem

Campus und schürten die lüsternen Phantasien aller

Männer.

Als sie darüber nachdachte, fühlte sie, dass die

eheliche Beziehung zu ihrem Mann in eine alte Spur

geraten waren, Alltag, Trott, Langeweile. Während

ihr Sexualleben nicht als schrecklich bezeichnet

werden konnte, war es Routine, alltäglich und

leidenschaftslos. Sie hatte endlos versucht, die

Dinge in ihrem Schlafzimmer aufzupeppen, in

vergeblichen Versuchen, ihr Sexualleben von der Fortpflanzung zu lösen.

Patricia hatte Spielzeug, Dessous und sogar erotische Literatur ausprobiert. Sie hatte sogar den mutigen Zug gemacht, vorzuschlagen, dass sie einen Mann, eine Frau oder sogar ein Paar einladen, ihr Bett zu teilen. Aber ihr Mann hatte nichts davon gehalten. Die Routine und das Alltägliche schienen für ihn in Ordnung zu sein, und anstatt einen Kampf um ihr Sexualleben zu beginnen, schlug er es stattdessen nieder. Mit großer Trauer akzeptierte Patricia dieses emotionslose, losgelöste Verhalten als das neue "Normal" für ihre Ehe.

Als sie anfing, ihre Arbeit abzuschließen und sich auf die Treffen vorzubereiten, an denen sie an diesem Tag teilnehmen musste, sah sie mit Spannung auf ihre Uhr. Es war fast acht, nur wenige Minuten von dem Lieblingsteil ihres Tages entfernt, auf den sie sich in den letzten Wochen seit dieser Zeit gefreut hatte.

Sie blickte auf und sah sie hereinspazieren, die Anwaltsgehilfen. Die erste Gruppe waren immer die Mädchen. Es gab ein paar hübsche, die sie von Zeit zu Zeit gerne bewunderte, aber die eigentliche Show begann jede Sekunde. Sie klickte mit der Spitze ihrer Ferse auf den Boden und wartete.... eifrig....

Da war er.

Mitten in dem kleinen Rudel von Kerlen befand sich
Ben, der große, junge, afroamerikanische Mann,
der ihr an dem Tag, als er vor einigen Monaten
eingestellt wurde, sofort ins Auge gefallen war. Wie
der Rest von ihnen trug er Anzughosen oder
Dockers mit einem Hemd und Krawatte, aber keiner
von ihnen füllte die Vorderseite ihrer Hose so aus wie
er es tat.

Patricia biss sich auf die Lippe und beobachtete ihn
heimlich aus dem Augenwinkel, während er
beiläufig lachte und mit seinen Freunden scherzte,
als sie zu ihrem Arbeitsbereich an ihrem Büro vorbei
schlenderten. Sie schätzt, dass er mindestens 185

cm groß sein müsse, viel größer als sie mit ihren 160 cm. Er hatte ein strahlendes Lächeln und freundliche, sanfte Augen. Einmal hatte er sogar ein kurzärmeliges Hemd getragen und sie war überrascht, die Ausbuchtung seines Bizepses zu sehen.

Er musste sehr gut gebaut sein, spekulierte sie, obwohl sie nichts Konkretes hatte, worauf sie sich stützen konnte. Abgesehen von seinen Oberarmen.

Sie beobachtete, wie die kleine Gruppe in ihre Kabinen wanderte, das Objekt ihres Begehrens verschwand aus ihrem Blick. Ihr Verstand fiel gut 15 Jahre zurück zu ihren Studienjahren, als sie im Wohnheim lebte und eine heiße zweimonatige

Affäre mit einem jungen schwarzen Studenten

hatte, der auch dort lebte. Sie liebte es in

Erinnerungen zu schwelgen und sie in ihrem Kopf

wieder aufleben zu lassen.

Patricia hatte nie in Betracht gezogen, mit einem

schwarzen Mann zusammen zu sein, bis sie ihn traf.

Sie erinnerte sich daran, wie unverschämt er in ihrer

Marketingklasse neben ihr saß. Und wie er endlos

über seine Größe, seine sexuellen Fähigkeiten und

das Versprechen sprach, dass er ihr die Freude

bereiten würde, wenn sie nur zustimmen würde, ihm

eine Nacht eine Chance zu geben.

Dieser junge Mann war so ein Möchtegern

Gangster. Er konnte kaum ein Wort richtiges Englisch

sprechen, und wie er es überhaupt auf das College schaffte, war ihr ein Rätsel. Er kümmerte sich nur darum, ein Rapper zu sein, Pot zu rauchen und so viele weiße Mädchen wie möglich zu vögeln. Er war arrogant, unverschämt und frech, und anfangs konnte sie es nicht ertragen, in seiner Nähe zu sein.

Im Laufe des Semesters begann er sie jedoch langsam zu zermürben, und all seine ungestümen Prahlereien hatten ihre Neugierde auf einen schwarzen Mann geweckt. Am Ende des Semesters stimmte sie schließlich zu, ihm diese eine Nacht zu schenken, und diese eine Nacht verwandelte sich in einen dreitägigen Wochenend- Sexmarathon.

Alles was er ihr versprochen hatte war wahr gewesen. Seine Größe, sein sexuelles Können und seine Dominanz über sie führten im Laufe dieser beiden heißen Monate zu unzähligen, atemberaubenden Orgasmen.

Am Ende hielt ihre Beziehung, die ausschließlich auf Sex aufgebaut war nicht lange an. Und als er sie satthatte, wechselte er zur nächsten heißen Blondine. Entgegen ihrem besseren Urteilsvermögen hatte sie sich erlaubt, einige Gefühle für ihn zu entwickeln, obwohl sie wusste, dass er nie wirklich Beziehungsmaterial war. Am Ende schrieb sie das Erlebnis einfach als den heißesten Sex ab, den sie je hatte, und erinnerte sich lebhaft daran, als sie an Ben dachte.

Eine Woche nachdem Ben eingestellt worden war,

bat sie die Personalabteilung darum, seine Akte zu

überprüfen. Im Rahmen der Überprüfung der

Qualifikationen der neuen Mitarbeiter als

potenzielle Kandidaten für ihr Team sackte sie

schnell seine persönlichen Daten ein. Ben war

gerade mal 19 Jahre alt und lebte in einer

bürgerlichen Nachbarschaft in Henderson. Er war

ein Studentensportler und schloss sein Studium mit

einem sehr hohen GPA der Green Valley High-

School ab.

Sie wusste, dass er auf eine Paralegal School in Las

Vegas ging, denn aus welchem Grund auch immer,

ihre Anwaltskanzlei stellte nur Absolventen von

dieser Schule ein. Sie bemerkte auch, dass sein Abschluss der Beste seines Jahres war.

Am nächsten Tag war Patricia verärgert, als sie erfuhr, dass der geschäftsführende Gesellschafter entschieden hatte, dass Ben in Tonys Team aufgenommen werden sollte, einer ihrer Kollegen, ein anderer Anwalt. Wahrscheinlich war es so das Beste, dachte sie. Sie brauchte keine sexuelle Spannung in ihrem Team oder eine Ausrede, um etwas Dummes zu tun, wie z.B. ihre Karriere zu ruinieren, indem sie sich an irgendeiner Art von sexuellem Fehlverhalten mit einem Untergebenen beteiligte. Wenn Ben von ihr ferngehalten wurde, dann konnte er sie zumindest nicht in Versuchung führen.

Es war alles zu ihrem Besten. Es war fast zehn Uhr und Patricia war gerade von einem Treffen mit einem der Partner zurückgekehrt. Sie hatte bereits wieder mit der Arbeit begonnen, als ein leichtes Klopfen auf ihre offene Tür fiel. Sie sah auf, es war Ben. Sofort begann ihr Herz höher zu schlagen, als sie sein hübsches Gesicht ansah.

"Ms. Stark, ich hasse es, Sie zu stören, aber darf ich Ihnen eine Frage stellen?" Mindestens einmal, manchmal zweimal pro Woche, ließ sich Ben eine Ausrede einfallen, um in ihr Büro zu kommen. Ben stellte ihr Fragen über Dinge die er auch seinen Vorgesetzten Tony hätte stellen können.

Patricia wusste das es das Richtige gewesen wäre ihn wegzuschicken und ihn von Tony aufklären zu lassen, er war schließlich sein Boss. Aber das hatte sie nie getan. In der Nähe dieses jungen Mannes zu sein, war für sie berauschend und obwohl sie sich ärgern musste, liebte sie es heimlich, Zeit mit ihm zu verbringen. Auch wenn es nur ein oder zwei Minuten auf einmal waren. Abgesehen davon, dass er morgens durch die Tür ging oder ein zufälliger Blick, als sie im Flur aneinander vorbeikamen, war es ihre Lieblingszeit unter der Woche.

"Ich bin ziemlich beschäftigt mit dieser Aussage hier, warum fragst du Tony nicht?", fragte sie mit ihrer besten, hellen Stimme. "Er ist in einem Meeting mit ein paar Kunden und ich soll diesen Papierkram bis Mittag erledigt haben. Es würde mir wirklich sehr viel

bedeuten, wenn Sie mir dabei helfen könnten",
sagte er entschuldigend.

Patricia wusste genau, dass dies nur eine Ausrede
war. Er konnte fünf andere Leute in seinem Team
um Hilfe bitten, dachte sie, aber stattdessen fand er
immer einen Grund sie zu fragen. "Hohl dir einen
Stuhl hoch und zeig mir, womit du Hilfe brauchst",
sagte sie mit ihrer am meisten genervten Stimme.

Er war nur zwei Fuß von ihr entfernt und sie konnte
kaum denken, als er ihr ein paar Zahlen zu seiner
sinnlosen Akte zeigte, an der er arbeitete. Als er auf
den Stapel von Papieren hinunterblickte, die er
mitgebracht hatte, blickte sie über seine glatte
schwarze Haut. Dieses männlich hervorstehende

Kinn, sie konnte diesen leichten Duft von Parfüm riechen, das stundenlang in ihrem Büro verweilen würde, nachdem er weg war und sie an ihn erinnern würde.

Sie konnte spüren, wie ihr Tanga unter ihrem Rock langsam feucht wurde, ganz feucht. Und sie wusste, dass sie während ihres Mittagessens eine Reise auf die Toilette machen musste, um sich von dieser sexuellen Spannung zu befreien, die er in ihr ausgelöst hatte.

Sie befreite ihren Geist von dieser berauschenden Präsenz vor ihr und beantwortete seine Fragen mit ein paar einfachen Sätzen. Die ethische Sache, die man tun sollte, wäre mit Tony über Ben zu sprechen.

Sie wurde viel zu gut bezahlt, um ihre Zeit mit Ben auf so triviale Art und Weise zu verschwenden. Mit einfachen Fragen die Bens Teamkollegen ebenso gut hätten beantworten können. Sie wusste jedoch, dass sie ihn nie in Schwierigkeiten mit seinem Chef bringen würde.

Sie war sich sicher, dass es ohnehin alles nur gespielt war. Ben war klug, der klügste Anwaltsassistent, den Patricia je gesehen hatte, seit sie mit der Arbeit in der Firma begonnen hatte. Er kannte die Antworten auf die Fragen, die er ihr stellte bereits ganz genau. Es war alles nur ein billiger Vorwand, um in ihr Büro zu kommen, um in ihre Nähe zu sein, um mit ihr zu reden.

Ben bedankte sich für ihr Hilfe und unterhielt sich einige Sekunden lang über das Wetter, bevor er ihr Büro verließ. Sie atmete tief durch, als er weg war. Es dauerte immer mehrere Minuten, bis sie ihren Verstand wieder geordnet hatte nachdem er gegangen war, damit sie zu ihrer Arbeit zurückkehren konnte.

Seit er mit der Arbeit in der Kanzlei begonnen hatte, war Patricia nicht mehr die Einzige, die die Gelegenheit nutzte, unangemessene Blicke zu riskieren. Sie hatte Ben dabei erwischt, wie er ihr mehrmals schleichende Blicke hinterherwarf und ihre Beine und ihren Hintern begutachtete. Sie hatte auch bemerkt, dass wenn er dachte sie würde es nicht merken, er einen Blick auf ihre Brüste werfen würde. Mit der Zeit wusste Patricia sogar, welche

Röcke und Blusen ihm am besten gefielen und bemühte sich bewusst, die Kleidung zu kaufen, die er zu mögen schien, und sie so oft wie möglich zu tragen.

So oft dachte sie daran Ben Interesse zu signalisieren. Doch hatte sie Angst diesen schwarzen Löwen zu wecken. Sie wusste, dass er empfänglich sein würde, aber es gab so viel zu riskieren. In ihrem hochmütigen rechtlichen Arbeitsumfeld könnten Vorwürfe wegen sexueller Belästigung, ob begründet oder nicht, ihrer Karriere schaden. Zumindest würde es ihre Chance auf eine Partnerschaft ruinieren.

Sie schauderte bei dem Gedanken daran zusammen, was passieren würde, wenn sie ihre lustvollen Gedanken zuließe und Ben würde es einem seiner Mitarbeiter erzählen. Er war schließlich erst neunzehn Jahre alt und sie konnte nicht darauf vertrauen, dass dieser junge Mann die Klappe halten könnte.

Und was ist mit ihrem Mann? Sie war sich nicht ganz sicher, ob er sie nicht verlassen würde, wenn er herausfinden würde, dass sie eine Liaison mit diesem jungen Mann hatte. Es war einfach zu viel das Patricia für eine solche Affäre riskieren würde.

An diesem Freitag arbeitete Patricia lange in ihrem Büro. Sie hatte eine Präsentation für einen potenziellen Kunden am Montag und es wäre eine große Leistung, wenn sie es schaffen würde diesen Kunden an Land zu ziehen, so dass sich dieser von ihrer Kanzlei vertreten lassen würde. Dies war die Art von Präsentation, die, wenn sie gut laufen würde, Patricia helfen könnte, eine zukünftige Partnerschaft zu ermöglichen.

Sie blickte auf ihre Uhr, Gott, es war schon sieben Uhr und ihre Mitarbeiter hatten das Gebäude vor ein paar Stunden verlassen, um in das Wochenende zu starten. Sie war nun schon dreizehn Stunden bei der Arbeit gewesen und musste noch aus zwei verschiedenen Fällen Berichte lesen. Was noch ein paar Stunden mehr dauern würde.

Patricia war geistig erschöpft und beschloss, die

Berichte mit nach Hause zu nehmen und über das

Wochenende fertig zu machen. Ihr Ehemann war in

Arizona, wo er das Wochenende verbringen würde.

Dort nahm er mit seinen Freunden an irgendeinem

Golfturnier teil. Patricia verabscheute die

Vorstellung ganz allein in diesem großen leeren

Haus zu sein. Sie wusste jedoch, dass es sinnlos war,

länger im Büro zu bleiben.

Mit ihrer vollen Aktentasche ging sie durch die

automatischen Türen in Richtung des überdachten

Parkplatzes der nur für Anwälte reserviert war. Sie

keuchte, als sie sich ihrem Auto näherte. "Fuck",

murmelte sie, unter ihrem Atem, als sie den platten

Reifen an ihrem Auto untersuchte. Das perfekte Ende eines langen, elenden Tages.

Sie fürchtete den Gedanken die Pannenhilfe zu rufen. Sie hatten über zwei Stunden gebraucht um ihr zu helfen als sie vor einem Jahr versehentlich ihr Licht angelassen hatte und ihre Batterie den Geist aufgab.

Gibt es eine Möglichkeit, wie sie den Reifen selbst wechseln könnte, fragte sie sich. Nein, es war unmöglich. Nicht in diesem Rock und dem weißem Top. Widerwillig zog sie ihr Telefon aus ihrer Tasche und begann die Notrufnummer zu wählen.

"Kann ich dir dabei helfen?" fragte eine tiefe Stimme hinter ihr als das Freizeichen ertönte. Sie drehte sich herum und sah, dass Ben sich ihr näherte. "Was machst du noch hier?" fragte sie ihn neugierig. "Du bist nicht die Einzige, die lange arbeitet, in der Hoffnung, eine Beförderung zu bekommen", erwiderte er lächelnd.

Sie konnte nicht anders, als seine perfekten weißen Zähne inmitten dieses verspielten, jugendlichen Grinsens zu bemerken. Allein die Anwesenheit in seiner Gegenwart reichte aus, um sie fast ohnmächtig werden zu lassen. Sie verfluchte sich selbst, weil sie wie eine vorpubertäre Schülerin nur süßen Honig im Kopf hatte sobald er sie ansprach.

Angestrengt versuchte sie sich zu konzentrieren.

"Das ist nicht nötig Ben, ich habe einen

Pannendienst und rufe den jetzt gerade an", sagte

sie in einem ernsten Ton. Ben beschloss, sich

zurückzuziehen. Sie war schließlich eine Vorgesetzte.

Nicht seine Chefin, aber trotzdem ein Chef, und sie

schien es ernst zu meinen seine Hilfe abzuschlagen.

Also dachte er, es sei keine gute Idee, sie weiter

von seinem handwerklichen Geschick überzeugen

zu wollen.

"Okay, ich verstehe", sagte er freundlich. Sie

beobachtete den verwundeten Blick in seinen

Augen und entließ ihn auf unvorsichtige Weise, als

sie weiterhin Pannenhilfe rief.

Jetzt wo sie noch genervter war, wurde sie sofort in die Warteschleife gelegt, kein gutes Zeichen. Nach einigen Minuten konnte sie endlich mit einem Mitarbeiter sprechen, der ihr sagte, dass es mindestens zweieinhalb Stunden dauern würde, bis ein Abschleppwagen kommen würde.

Mit nachdenklichem Blick sah sie Ben in die Augen und unterbrach den Anruf. Er schien so begierig darauf zu sein, ihr zu helfen, dass es vielleicht in Ordnung wäre, argumentierte sie sich selbst gegenüber. "Wenn du bereit wärst, mir beim Reifenwechsel zu helfen, würde ich das wirklich zu schätzen wissen", sagte sie mit leiser Stimme.

Bens Augen leuchteten auf, als er seinen Anzugmantel auszog und seine Krawatte lockerte. Er trug ein kurzärmeliges Hemd und sie bemerkte sofort wieder seine gut gebauten, starken Arme, die sie bisher nur aus der Ferne betrachten konnte.

Sie lachten und scherzten, als er das Ersatzrad aus dem Kofferraum holte und anfing, den Wagenheber zu benutzen, um das vordere Viertel des Autos anzuheben. Seine fröhliche Art begann sie zu beruhigen, als sie über Büropolitik diskutierten und sich bei einigen der interessanteren Kunden der Kanzlei mit ihrer Meinung deckten.

Patricia staunte über seine Intelligenz und seinen gesunden Geist. Dieser junge Mann müsste eigentlich an der Universität sein und dann an die juristische Fakultät gehen dachte sie, als sie sich daran erinnerte, um sicherzustellen, dass er von den vielen Stipendienmöglichkeiten der Firma wusste, die er nutzen sollte.

Als er die letzte Radmutter festzog, zuckte sie bei dem Gedanken zusammen nach Hause zu fahren und in dieses große, kalte, leere Haus zu gehen. Nur um sich dann ein Mikrowellengericht zu machen. Wie lange war es her, dass sie an einem Freitagabend unterwegs war? Es war so lange her, dass sie sich nicht mehr daran erinnern konnte.

Patricia verdrängte schnell diesen Gedanken, einen Untergebenen zum Abendessen mitzunehmen. War das überhaupt ethisch vertretbar? Dann wanderte

ihr Verstand zu den Zeiten, als sie ihr Team von

Anwaltsgehilfen zum Mittagessen einlud, um sie zu

belohnen. Das wäre so ähnlich wie das hier, oder?

Ben hat ihren Reifen doch noch gewechselt. Sie

schuldete ihm etwas, dass konnte sie sich zumindest

selbst so begründen und zu rechtfertigen.

"Alles erledigt Mrs. Stark", sagte er, als er aufstand

und sich ihr gegenüberstellte. Sie nahm sich einen

Moment Zeit, um ihn anzusehen, es war nur ein

Abendessen, keine große Sache – dachte sie.

"Vielen Dank für deine Hilfe, Ben. Ich habe mich

gefragt, umm.... wärst du daran interessiert, etwas

mit mir zu essen? So als kleines Dankeschön." Er sah

sie verwundert an, er sah das offensichtlich nicht kommen.

"Das würde mir sehr gefallen", sagte er anerkennend. "Dann spring rein", sagte sie spielerisch. Nachdem sie den Platten Reifen und den Rest der Werkzeuge in den Kofferraum ihres Autos gelegt hatten, flogen sie geradezu über die Green Valley Ranch, die nur ein paar Kilometer von ihrer Anwaltskanzlei entfernt war, in Richtung "The District".

"The District" war eine kleine Auswahl an hochwertigen Geschäften, Boutiquen und Restaurants neben dem Green Valley Ranch Hotel und Casino. Patricia ging dort oft mit ihren

Freundinnen shoppen, um Kleidung zu kaufen.

Sowohl Patricia als auch andere Anwälte der

Kanzlei hatten häufig wichtige Mandanten zum

Mittagessen in den vielen dort ansässigen High-End-

Restaurants eingeladen.

Sie hielt vor ihrem Lieblingsrestaurant, einem kleinen,

malerischen Pariser Themencafé, an. Als sie aus

ihrem Auto stiegen und die halben Dutzend Schritte

zur Tür gingen, wickelte Ben seine Hand für ein paar

Sekunden sanft um ihren Oberarm, bevor er

gezwungen wurde, ihn sie loszulassen, damit er die

Tür für sie öffnen konnte.

Die mutige Bewegung, während sie auch sehr subtil

war, schickte einen Schauer durch ihren Körper, als

seine große Hand für einige Sekunden Kontakt mit dem kleinen Teil ihres Rückens aufnahm, während sie auf die Hostess warteten. Sie dachte daran, ihm einen kalten Blick zu verpassen, der ihn davon abhalten könnte, weiteren Körperkontakt mit ihr aufzunehmen, aber sie konnte es einfach nicht.

Ihr Mann hatte längst aufgehört, sie zu berühren oder sogar ihre Hand zu halten, in den seltenen Fällen, in denen sie zusammen hinausgingen. Obwohl sie sich immer wieder daran erinnerte, dass es sich nur um ein einfaches Abendessen zwischen Kollegen handelte, weckte seine kurze Berührung in ihr eine ungeahnte Sehnsucht nach so viel mehr.

Die Gastgeberin setzte sie an einen Bänketttisch in einer Ecke des Restaurants. Ben hatte sich entschieden, neben ihr zu sitzen, anstatt gegenüber, was die sexuelle Spannung, die sie aufgrund seiner Nähe empfand, noch verstärkte. Nach ihrem langen, stressigen Tag konnte sie wirklich ein gutes Glas Wein vertragen. Doch sie dachte noch einmal darüber nach, als sie sich an Bens Alter erinnerte.

Sie entschieden sich für Eistee und eine Vorspeise mit Meeresfrüchten aus Muscheln, Krabbenkuchen und Cajun-Garnelen Picante. Patricias anfängliche Nervosität wurde durch Bens freundliche, gelassene Art beruhigt. Sie hörte aufmerksam zu, als er über seine Liebe zum Sport und seine Familie sprach, die er gerne besuchte, aber trotzdem vermisste, als er sich daran gewöhnt hatte alleine in seiner neuen Wohnung zu leben.

Ben erinnerte sie so sehr an sich selbst, als sie vor gut 15 Jahren aus dem Haus ihrer Eltern auszog, um ihr eigenes Leben zu beginnen. Sie erinnerte sich, dass sie all die gleichen Arten von Problemen und Gefühlen hatte, die er nun so wortgewandt beschrieb. Auch sie machte sich einst auf den Weg in die weite Welt. Es fühlte sich an wie vor einer Ewigkeit, zu einer Zeit, bevor sie sich so sehr durch die Belastungen ihrer Ehe, ihrer Karriere, ihrer Hypothek und ihrer Autozahlungen belastet fühlte.

Und sie fragte sich, wie wäre es, noch einmal neunzehn zu sein, wieder ein sorgenfreies Leben zu führen, wenn auch nur für ein Wochenende? Frei von Zwängen, frei von Bindungen und Verpflichtungen. Sie schlug sich diesen gefährlichen Gedanken schnell wieder aus dem Kopf.

Als Ben mit ihr über sein Privatleben sprach, war Patricia in dem Moment gefangen. "Also, triffst du dich mit jemandem?" fragte sie zögernd und versuchte gespannt, seine Reaktion einzuschätzen. Er lächelte leicht über ihre Frage.

"Ich hatte eine Freundin, die ich seit etwa einem Jahr treffe, aber ich habe das ganze vor eins, zwei Monaten beendet." Ihre Augen weiteten sich bei seiner Antwort. "Darf ich fragen, warum?" "Sie fing an, sich sehr an mich zu binden, und ich wollte meine Freiheit nicht aufgeben", sagte er ehrlich. "Du weißt, wie diese weißen Mädchen werden können."

Patricia spürte förmlich wie sie errötete, als sie sich an ihre College-Zeit und die heißen zwei Monate, die sie mit ihrem schwarzen Geliebten verbrachte, erinnerte. Hatte sie sich so verhalten, klammernd und besitzergreifend? fragte sie sich.

Sie nahmen sich beide einen Moment Zeit, um einen Schluck von ihrem Eistee zu nehmen, bis Bens Stimme die Stille brach. "Was hält Ihr Mann davon, dass Sie an einem Freitagabend so spät arbeiten?", fragte er kühn. Patricia wand sich bei seiner Frage ein wenig in ihrem Sitz, aber sie war diejenige, die das Thema von bedeutenden Personen zuerst thematisierte. Also fühlte sie, dass es nur richtig war,

seine Frage jetzt auch zu beantworten.

"Er weiß, dass mir meine Karriere sehr wichtig ist.

Aber manchmal regt er sich auf, wenn ich noch

spät arbeite", sagte sie zögernd, bevor sie

weitermachte. "Aber er ist dieses Wochenende

nicht in der Stadt, also schätze ich, dass er heute

Abend nicht viel dazu sagen würde", sagte sie

lächelnd.

Ben schaute ihr tief in die Augen und war dabei,

eine weitere Bemerkung über ihrem Mann zu

machen, als die Kellnerin das Gespräch unterbrach,

indem sie sich mit ihrem Essen dem Tisch näherte.

Sie hatte den geschwärzten Atlantischen Lachs

bestellt und er entschied sich für den Weißfisch Lake

Superior. Während sie ihre köstlichen Mahlzeiten

aßen, stimmten sie stillschweigend zu, nicht über

alles zu sprechen, was mit Arbeit zu tun hatte,

sondern konzentrierten ihr Gespräch auf Hobbys

und Interessen, so dass sie sich besser kennenlernen

würden.

Er war so leicht zu erreichen, und er hatte sie so

schnell mit seiner Stimme und seiner Art beruhigt. Sie

hatten noch nie zuvor ein solches Gespräch

miteinander geführt und es war so erfrischend, ihm

zuzuhören, wie er über die Musik, die er mochte,

sein Traumauto, das er eines Tages besitzen wollte,

und seine zukünftigen Ziele und Pläne sprach.

Nachdem sie ihre Vorspeisen beendet hatten, überredete Ben sie spielend leicht, ein Dessert mit ihm zu teilen. Nachdem sie sich die Speisekarte angesehen hatten, entschieden sie sich für einen dekadenten Hot-Fudge Brownie Eisbecher. Patricia ernährte sich durch ihren militant-vegetarischen Mann so gesund, dass sie selten, wenn überhaupt, irgendeine Art von Süßigkeiten aß. Es fühlte sich jedoch wie ein magischer, besonderer Abend an und sie konnte keinen Weg finden, um Nein zu seiner verlockenden Bitte zu sagen.

Als die Kellnerin das köstliche Dessert mitbrachte und zwischen sie stellte, nahmen sie beide zögernd ihre Löffel und tauchten es vorsichtig in das schokoladenüberzogene Eis. Nachdem sie jeweils ein paar Bissen genommen hatten, nahm Ben mit seinem Löffel eine weitere kleine Portion Eiscreme und hielt sie langsam an Patricias Mund. Es war, als würde sexuelle Elektrizität zwischen ihnen fließen, als sie sich allmählich und bewusst nach vorne lehnte und das Eis von seinem Löffel aß.

Dieser einfache Akt war gleichbedeutend mit der Öffnung einer hedonistischen Schleuse des sexuellen Begehrens in Patricia und Ben. Er legte sanft seine Hand auf ihren strumpfgekleideten Oberschenkel und lehnte sich nach vorne, bis sich ihre Münder in einem heißen, leidenschaftlichen Kuss trafen. Die Leidenschaft funkte nur so zwischen ihnen hin und her, als ihre Zungen sanft miteinander spielten.

Als sie ihre erotische, lüsterne Umarmung brachen,
kam Patricias verschwommener, lustvoller Geist zu
einer Entscheidung. Sie wollte sich nicht das
Vergnügen verkneifen, weil sie wusste, dass dieser
junge Mann ihr etwas Gutes tun würde. So schlimm
die Folgen auch sein könnten.

Sie schaute Ben aufmerksam in die Augen: "Hast du
heute Abend Pläne?", fragte sie mit knapper,
flüsternder Stimme. "Ich habe keine Pläne", sagte er
heiser.

Sie zögerte einen Moment lang, aber es war zu
spät, sie hatte ihre Entscheidung bereits getroffen
und ließ sich nun mitreißen. "Wärst du daran
interessiert, mit mir zu kommen?" "Ich wollte dich

von dem Moment an ficken, als ich dich sah,

Patricia", sagte er nun kühn und selbstbewusst.

Ihr Herz pochte wie wild als sie seine Worte hörte. Sie

fühlte geradezu einen Stromschlag zwischen ihren

Oberschenkeln zucken, den sie seit Jahren nicht

mehr gespürt hatte. Sie ließen den Rest des Desserts

auf dem Tisch liegen, als sie schnell bezahlte. Sie

konnte sich nicht daran erinnern, wann sie das

letzte Mal jemanden so sehr begehrte. Nun war es

nahezu unmöglich für ihren Kopf,

zusammenhängende, klare Gedanken zu bilden.

Die kurze, fünfminütige Fahrt zum Green Valley

Ranch Hotel und Casino verlief wie eine

epikureische Verzerrung. Sie erinnerte sich schwach

an seine Hände an ihrer Bluse und zwischen ihren Beinen. Sein Mund liebkoste, ihren Hals und küsste ihn. Ihr Verstand schwand dahin, desorientiert in einem benommenen, lustvollen Nebel. Es brauchte alles, was in ihrer Macht stand, um ihn wegzustoßen, damit sie überhaupt das Zimmer nehmen konnte.

Einige Minuten später zog sie bereits die Schlüsselkarte aus dem Schloss und hörte, wie der kleine Motor den Riegel einfuhr. Noch im Flur ließ sie Ben sie gegen die Tür drücken und spürte seine Erektion an der Seite ihres Hinterns. Gleichzeitig zogen seine Hände die versteckte weiße Bluse aus ihrem Rock.

Patricia gelang es, die Tür zu öffnen, damit sie den Raum betreten konnten, bevor ein anderer Gast ihre fleischliche Darstellung im Saal sehen konnte. Inbrünstig drückte Ben ihr Gesicht nach unten auf das Bett und brach dann auf ihr zusammen. Mit seinem Gewicht auf ihr kämpfte sie darum, ihre Bluse auszuziehen, während er ihren Rock hochzog und ihn auf ihrem Rücken ruhen ließ.

Sie stöhnte, als sein Mund ihre überempfindliche Region am Nacken fand, während seine großen, starken Hände die Strümpfe und den String von ihrem weißen Körper rissen. Patricia öffnete mutwillig ihre Beine, als sie fühlte, wie Bens Finger die Kurve ihres Arsches hinunterglitten, und dann bis zur durchnässten Spalte zwischen ihren Beinen absank.

Ben hörte Patricias flachen Atmen, als er mit Druck zwei Finger in ihre Pussy drückte und ihr stechendes Stöhnen vor Freude hörte. Sie umklammerte die Tagesdecke mit beiden Händen, als er seine Finger in sie hinein und aus ihr heraus bewegte, bis sie mit einer allumfassenden Laszivität in ein Delirium geriet, von dem sie wusste, dass nur ein saftiger Fick sie befreien konnte.

"Weißt du, wie lange ich diese enge, weiße, verheiratete Muschi schon ficken wollte?", fragte er, während er an ihrem Ohrläppchen knabberte.
Seine deftigen Worte erregten sie nur noch mehr und ließen sie bescherten ihr einen ungeahnten,

zitternden Orgasmus, wobei seine Finger immernoch in ihr vergraben waren.

Als sie ihre Sinne wiedererlangte, fühlte sie ihn zwischen ihren Beinen, seine Zunge erkundete jeden Winkel ihrer feuchten Pussy. Sie keuchte, als die Spitze seiner Zunge mit einer rücksichtslosen Hingabe über ihre Klitoris wirbeln spürte.

Patricia war so ausgehungert. Ihre Möse war so dankbar und erregt. Es war Jahre her, dass ihr Mann sie geleckt hatte, und Gott, er hatte ihre Pussy noch nie so verwöhnt wie Ben. Nicht ansatzweise so gut. Ben zog plötzlich seine Zunge aus ihrer Vulva. "Sag mir, was du willst, Patricia?", sagte er in einem schroffen, sinnlichen Ton. "Oh Gott nein, Ben, bitte hör nicht auf", bettelte sie, denn ihr zweiter

Orgasmus hatte sie fast überholt, bevor sich seine

talentierte Zunge aus ihrer triefenden Pussy

zurückgezogen hatte.

"Sag mir, was du willst, Baby", sagte er, als er seine

großen Hände über ihre kleinen, engen

Arschbacken rieb. Oh Gott, dachte sie, ihr trüber

Geist versuchte, sich inmitten seiner sinnlichen

Berührung und seiner talentierten Zunge zu

konzentrieren. Er war ein viel zu guter Liebhaber, um

erst neunzehn zu sein.

"Ich will deinen Schwanz, Ben", sagte sie, in einem

tiefen, gutturalen Ton. "Als Anwältin solltest etwas

spezifischer sein", sagte er neckisch und führte seinen langen Zeigefinger sanft in sie ein.

Das Gefühl, von seinem Finger durchdrungen zu werden, ließ ihr Bewusstsein wieder den Fokus verlieren. Sie fand es so schwer, einen zusammenhängenden Gedanken zu denken oder zu bilden, geschweige denn zu sprechen, während seine Hände so mit ihrem Körper spielten. "Ich will deinen großen schwarzen Schwanz", keuchte sie ehrfürchtig, mit einer Stimme die kaum über ein Flüstern hinauskam.

Ihre Worte schockierten sie selbst, aber ihr lustvoller Verstand dachte nicht mehr an eine politisch korrekte Rede. Sie wollte ihn nur in sich spüren, und sie sagte alles, was sie dachte, alles was er hören wollte, um das zu erreichen. "Bist du sicher, dass es das ist, was du willst? Ich weiß nicht, ob du mich jetzt überhaupt noch verdienst", sagte er neckisch.

Taylor benutzte alle ihre mentalen Fähigkeiten, um ihren lustvollen Geist zu konzentrieren. Gott, er hat sie verrückt gemacht. "Bitte Ben", sagte sie sinnlich, "bitte steck deinen schwarzen Schwanz in meine verheiratete, weiße Fotze."

Ben lächelte hämisch, als er in Patricias lüsterne, bettelnde Augen sah. Er wusste vorher nicht, dass er sie so gerne ärgern würde. Aber dieses heiße, erotische Vorspiel schürte sein Verlangen nach dieser schönen Frau noch mehr. Er stand am Rande des Bettes und begann langsam, methodisch gesehen, seine Kleidung auszuziehen. Sie gehörte ihm, voll und ganz. Und es gab keinen Grund, sich jetzt zu beeilen, und er liebte diesen untergebenen, willigen, lüsternen Blick in ihren Augen. Diese Mischung aus Lust, Ekstase, Selbsthass und Zweifel.

Patricia drehte sich auf den Rücken, was es einfacher machte, ihm zuzusehen. Sie versank förmlich in dieser dunklen Haut, diesen Waschbrettbauchmuskeln, die langen, schwarzen, muskulösen Gliedmaßen. Dieser stolze, athletische, nubische Prinz erregte sie mit jedem Moment mehr und mehr. Er war mehr, viel mehr, als sie sich in ihren unzüchtigen, dunklen Fantasien je vorgestellt hatte.

Patricia fiel die Kinnlade herunter, als er langsam seine Boxershorts auszog und seinen großen, dicken schwarzen Schwanz enthüllte. Schon allein der Anblick seiner Größe faszinierte sie, die große pralle Eichel sah aus wie der Edelstein eines kostbaren Zepters und ließ bereits Lusttropfen aufblitzen. Patricia hatte noch nie etwas so Großes gesehen, nicht einmal bei ihrem ehemaligen schwarzen Lover auf dem College.

Das hier war kein Penis mehr. Auch kein Schwanz. Auch kein großer, fetter, schwarzer Schwanz. Das hier war ein königlicher Phallus. Ein Turm der Lust, eine ebenholz-farbene Rakete. Ein Monument der Wollust, ein schwarzes Wahrzeichen der Geilheit um untervögelte, weiße Ehefrauen klein-pimmeliger weißer Loser zu erniedrigen und zu unterwerfen. Das

Wasser lief ihr im Mund zusammen. Und in ihrer

Pussy.

Möglicherweise hatte sie so ein großes Teil schon

einmal in einem Pornofilm gesehen, dachte sie. Auf

einer jener interracial Pornoseiten, die sie sich hin

und wieder ansah, wenn ihr Ehemann nicht zuhause

war. Allerdings fühlte sich das Beobachten von Sex

auf einem Bildschirm nie real an. Sie wusste, dass es

eine Kamera war und das alle Schauspieler waren,

die bezahlt wurden. Aber er hier, der vor ihr stand,

mit diesem Schwanz, Gott, war das schockierend.

Ben blickte hinunter, in ihre Augen und sah, was nun

in ihr vorgehen musste. "Was willst du Patricia?",

fragte er, als er mit der Hand den langen, glatten

Schaft hinunterfuhr. Er wollte sie dazu bringen, es noch einmal zu sagen. Er liebte es, wie sie ihn mit diesen lustvollen Augen ansah und hörte, wie diese sinnlichen Worte aus ihrem hübschen kleinen Mund kamen. Nun, das war der reinste Himmel für Ben. Er liebte diesen beschämten, unsicheren und lüsternen Blick verheirateter, weißer Frauen.

"Ich will deinen großen Schwanz in meinem Mund. Meinem verheirateten, weißen Mund", ergänzte sie sanftmütig. "Komm her und hol dir, was du brauchst." Patricia rutschte sofort vom Bett und ging vor dem jungen Assistenten auf die Knie.

Sie nahm seinen Schaft in beide Hände und kämpfte darum, ihren Mund weit genug zu öffnen, um die große, saftige Spitze aufzunehmen. Ben

stöhnte, als sie ihre Zunge streckte, sie über den

Schlitz im Kopf seines Penis führte und seine

Lusttropfen aufsammelte. Sie nahm seine köstliche

Frucht in ihren Mund und drehte ihre Zunge darüber

und arbeitete ihn so weit zurück, wie sie nur konnte.

Patricia liebte es seit jeher, einen Blowjob zu geben,

aber er war einfach so groß, und es war so lange

her, dass sie einen Mann in ihrem Mund hatte. Sie

beschloss, sich vorerst auf die Eichel zu

konzentrieren. Sie öffnete ihren Mund weit und

saugte an seiner Schokolanze, während sie ihre

Zunge mit schnellen darüber streifte.

Er stöhnte, als ihr gieriger Mund seine Eichel

einsaugte. Sie hatte sich immer so professionell und

korrekt verhalten. Er hatte sie als eine Kollegin mit

der Berufsbezeichnung "Anwältin" betrachtet und

kennengelernt. Aber nun entdeckte er schnell eine

andere Seite in ihr. Es gab eine schamlose,

schlampige Seite an dieser Frau. Für Ben war dies

nicht wirklich neu. Er hatte schon die ein oder

andere weiße Ehefrau in der Vergangenheit

vernascht.

So sehr sie es auch liebte, diesen jungen Mann in

ihrem Mund zu haben, seine pure Größe forderte

ihren Tribut, und nach einigen Minuten begann ihr

Kiefer zu schmerzen. "Du hast noch nie so einen

großen gelutscht, nicht wahr?" Patricia errötete, als

sie dem nicht so subtilen Seitenhieb auf ihren Mann

lauschte. "Ihr weißen Schlampen seid alle gleich, weißt du? Ihr benehmt euch so gut. Kleidet euch so schick, seid redegewandt und gewissenhaft. Doch wenn ihr einen großen, fetten Negerschwanz seht fallt ihr auf die Knie und bettelt uns an euch zu ficken wie dreckige Huren".

Bens klare, harte Worte machten sie immer geiler. Patricia wollte ihm so sehr gefallen, aber sie brauchte noch ein wenig mehr Zeit, um sich an seine Größe anzupassen und ihre vollen Fellatio-Fähigkeiten unter Beweis stellen zu können.

Ben konnte sehen, dass sie Schwierigkeiten mit dem Umfang seines Phallus hatte und den Moment nicht ruinieren wollte, indem er ihren Kampf beobachtete. "Nimm deine Arme runter Patricia, lass mich dir helfen", sagte er sanft.

Er drehte seine Hüften und bewegte sich langsam in und aus ihr heraus. Nach ein paar leichten Schüben entdeckte er bald, wie tief er gehen konnte, bevor der Kopf seines Schwanzes die Rückseite ihrer Kehle erreichte, was ihren Würgereflex auslöste. Er nahm ihr langes blondes Haar in die Hände, als er sich in sie hinein- und herausschob.

Patricias Augen begannen sofort zu tränen, als er sich in ihre heiße, nasse Öffnung hinein und heraus bewegte. Sie hatte ihre Hände auf seinen muskulösen Oberschenkeln, um sich zu beruhigen, und sie hielt ihren Mund fest um seinen Schaft geschlossen, bis sie anfing, ihn angespannt zu spüren. Oh Gott, es war so lange her, dass sie ein Mann auf diese Weise genommen hatte. Und noch länger, seit einer dort ejakuliert hatte.

Bald begann Speichel aus ihrem Mund zu tropfen, die Unterseite seines Schwanzes hinunter und von dort auf den Boden. Ihre dicken Kullertränen verschmierten das teure MakeUp.

Gott, sie fühlte sich so gut in diesem Moment. Obwohl er ihren Mund mehr fickte, als sie ihn wirklich lutschte. Es fühlte sich immer noch fantastisch an. Wenn man das lange, fließende blonde Haar und die weiche, weiße Haut um seinen schwarzen Schwanz herum sieht, reicht der

Farbkontrast allein aus, um sich in diesen Moment zu verlieren.

Ben fühlte seinen bevorstehenden Höhepunkt und zog sich zurück, um sich zu beruhigen. Er hatte monatelang von diesem Moment, dieser Fantasie geträumt, und endlich war es soweit. Erstaunlicherweise war es tatsächlich wahr geworden. Sie war der Fick seines bisherigen Lebens. Eine schöne, blonde Anwältin. Wenn er zum allerersten in ihr kommen würde, dann sicher nicht in ihrem Mund.

"Geh wieder auf das Bett", sagte er sanft. Er nahm ihre Arme und half ihr auf die Knie und auf die Füße. Sie dachte daran, eine exotische Position zu versuchen, wie er hinter ihr, oder sie reitet ihn.

Stattdessen entschied sie sich beim ersten Mal für

die Missionarsstellung. Sie war einfach das Beste. Sie

rutschte anmutig auf das Bett und dann auf ihren

Rücken und spreizte ihre Beine einladend für ihn.

Er blickte auf sie herab und nahm sich einen

Moment Zeit, um zu verweilen und die Perfektion zu

studieren, die vor ihm lag. Er staunte über ihr langes,

blondes Haar, das um ihre Schultern kaskadierte.

Sein Blick verweilte auf ihren vollen Brüsten, die sanft

schwangen, während sie atmete, gekrönt von

diesen sexy rosa Brustwarzen. Sie hatte einen

straffen Bauch, der sich zu vollen, runden Hüften

und Gesäß ausdehnte.

Aber zwischen ihren Beinen, oh Gott. Das war der Höhepunkt dessen, was er für den perfektesten Körper hielt, den er je gesehen hatte. Über ihrer Vulva befand sich ein leichtes Strohdach aus sehr hellem gold-blondem Schamhaar und ihre Vagina hatte kleine Außenlippen, die die winzigen, inneren rosa Lippen verdeckten, und sie leckten ihre Sekrete auf ihre inneren Oberschenkel. Er wusste, dass sie mehr als bereit war für ihn.

Ben rutschte mit ihr auf das Bett und legte sich zwischen ihre Beine. Mit seinem Schwanz in der Hand rieb er die Spitze über die Länge ihrer glänzenden Lippen auf und ab und spaltete ihr lüsternes Brötchen. Sie war so nass, dass sein Kopf sofort mit ihren Säften glänzte. Er fragte: "Kondom?"

"Nein. Pille. Bleib nackt. Ich will dein Schwanz pur genießen". Patricia keuchte, als er die Eichel an ihren Eingang anlegte und dann begann er sanft, langsam und behutsam, sich in ihr zu versenken. Sie fühlte, wie sich ihr Körper öffnete und sich um ihn herum ausdehnte, während er allmählich und methodisch vorankam und ihr Zeit gab, sich an seine Größe und seinen Umfang zu gewöhnen.

Gott, er fühlte sich so groß an, so gut. Ihr Mann war bestenfalls durchschnittlich. Aber Ben, das war etwas anderes, etwas Exquisites. Sie legte instinktiv ihre Hände auf seine Brust, als stille Geste, damit er allmählich weitermachen konnte, damit ihre Pussy sich seiner Größe anpassen konnte.

Patricia stöhnte und keuchte weiter, als er sich in sie hineinarbeitete. Schließlich, nach einigen Minuten, hatte er sie vollständig vereinnahmt. Er blickte nach unten und gab ihr ein paar Augenblicke, um sich an seine Masse zu gewöhnen. Er staunte über den Farbkontrast ihrer gebräunten weißen Haut im Vergleich zu seinem dunklen, Ebenholzfleisch. Die Divergenz in der Farbe ihres Hauttons war für ihn wirklich faszinierend.

Er blickte auf sie herab und ihre Augen trafen sich. Sie nickte ihm leise, sanft und keuchte sofort, als er anfing, sich langsam in ihr hinein und heraus zu bewegen. Sie legte ihre Arme um seine breiten Schultern, als er sich fast bis zum Anschlag entspannte und sich dann sanft wieder einarbeitete. Sie schloss die Augen, das intensive Vergnügen überflutete sie. Es fühlte sich an, als würde jedes ihrer Nervenenden brennen, als er seinen Körper über ihren bewegte.

Allmählich zog Ben das Tempo an und sie konnte spüren, wie sich ihr Körper an ihn anpasste. Mit Hilfe des nassen Honigs zwischen ihren Beinen konnte er einen sanften, leichten Rhythmus etablieren, als er sich in und aus ihr heraus schaukelte.

Als er sah, dass es für sie immer angenehmer wurde, steigerte er nach und nach das Tempo. Der Schweiß ihrer Körper verschmolz miteinander, als sie sich zu einem einzigen bewegten, in perfektem

Einklang. Gott, sie war so eng. Er staunte, wie sich ihre Pussy anfühlte wie ein glatter Samthandschuh, der seinen Schwanz perfekt umhüllte. Wie sie sich anfühlte, wie sie sich mit ihm bewegte, wie sie seine Stöße traf...... Diese Frau war wirklich etwas Besonderes.

Patricias Orgasmus kam fast ohne Vorwarnung auf sie zu. Ben verfügte über so lange, kraftvolle Stöße, sie keuchte und schrie, als sie ihn herunterzog, und ihre Lippen trafen sich in einem salzigen, lustvollen Kuss. Sie fühlte, wie seine Zunge in ihren Mund eindrang, als ihr Orgasmus ihren Körper rammte und die Wellen der Lust und des Glücks Hand in Hand über sie strömten.

Ben zeigte angesichts seines jungen Alters eine so erstaunliche Kontrolle. Er hörte nie auf, seinen sanften, einfachen Rhythmus zu halten, und gerade als Patricia sich von einem Orgasmus erholte, rollte der nächste auf sie zu. Sein harter Schwanz war so dick und der Winkel war einfach perfekt. Mit jedem Stoß rieb sein Prügel perfekt ihre Perle in einem fast konstanten Ansturm.

Immer wieder brachte Bens konstantes Tempo ihren Körper zu neuen Höhen, bis sie fast erschöpft war. Gerade als sie dachte, dass sie es nicht mehr aushalten würde, fühlte sie, wie er sich zu verkrampfen begann. Sie wollte sich mit ihm zum Orgasmus aufschwingen, griff zwischen ihre Beine und schob ihre Finger über ihre geschwollene Klitoris, so dass sie wieder einmal im Orgasmus explodierte. Gleichzeitig spürte sie, wie Bens kräftige Samenstrahlen in sie hinein spritzte.

Es dauerte etwa eine Minute, bis das Keuchen nachließ, bevor das ungleiche Paar wieder normal atmete. Sie konnte spüren, wie sein Glied in ihr schrumpfte und dann herausrutschte, als er sich von ihr löste und dann hinter ihr zurückrutschte. Sie fühlte, wie sein Schwanz sanft auf der Spalte ihres Pos lag, als er sie fest gegen ihn zog und sie zum romantischen Löffel machte.

Beide sammelten ihre Gedanken, während sie dem sanften Atmen des anderen lauschten, bis Ben die Stille brach. "Woran denken Sie jetzt, Mrs. Stark?", fragte er neckisch.

Dein großer, erstaunlicher Schwanz, sagte sie zu sich selbst, dankbar, dass er ihr Gesicht nicht sehen konnte, als sie errötete. Selbst nach dieser heftigen Sex-Session fühlte sie sich immer noch wie ein schüchternes Schulmädchen um ihn herum.

"Ich denke, wenn wir nicht im Büro sind, wäre es in Ordnung, wenn du mich Patrica nennen würdest." "Das bedeutet, dass wir uns wieder sehen werden, Patricia", sagte er und betonte die Silben ihres Namens, während seine wachsende Erektion erotisch an ihrem Hintern rieb.

Sie hatte noch so viele verweilende Fragen und Zweifel. Wie würde sich das auf ihre Ehe auswirken? Würde das ihre Karriere und die Chance auf eine Partnerschaft ruinieren?

Während sie bequem und sicher in seinen Armen lag, ließ sie diese verweilenden Fragen schnell aus dem Kopf. Dieser junge Mann hatte ihr eine neue, leidenschaftliche Welt eröffnet. Eine Welt, von der sie dachte, dass sie nie wieder das Vergnügen haben würde, sie zu erleben. Eine Welt, von der sie dachte, dass sie nur in ihren Erinnerungen existieren würde. Sie war entschlossen, Angst oder Bedauern nicht ihre Taten verzehren zu lassen und den Lauf ihres Lebens zu verändern.

Durch diesen jungen Mann fühlte sie sich zum ersten Mal seit Jahren wieder lebendig. In diesem Moment beschloss sie, sich nie mit einem alltäglichen, leidenschaftslosen Leben zufrieden zu geben.

"Ja, das bedeutet genau das Ben."

Zeitfracht Medien GmbH
Ferdinand-Jühlke-Straße 7
99095 Erfurt, Deutschland
produktsicherheit@kolibri360.de